capa e projeto gráfico **FREDE TIZZOT**

digitação **MIRIAN DALLA PRIA**

X 3
Xavier, Valêncio

O mez da gripe / Valêncio Xavier. – Curitiba : Arte & Letra, 2024.
76 p.

ISBN 978-65-87603-47-6

1. Ficção brasileira I. Título

CDD 869.93

Índice para catálogo sistemático:
1. Ficção: Literatura brasileira 869.93
Catalogação na Fonte
Bibliotecária responsável: Ana Lúcia Merege - CRB-7 4667

ARTE & LETRA
Curitiba - PR - Brasil
Fone: (41) 3223-5302
www.arteeletra.com.br - contato@arteeletra.com.br

Valêncio Xavier

O MEZ DA GRIPPE

ARTE E LETRA

CURITIBA
2024

O mez da grippe

Vê-se um sepulcro cheio de cadáveres, sobre os quais se podem observar todos os diferentes estados da dissolução, desde o instante da morte até a destruição total do indivíduo.
Esta macabra execução é de cera, colorida com tanta naturalidade que a natureza não pode ser, nem mais expressiva, nem mais verdadeira.

MARQUÊS DE SADE

1918

Outubro

OTTUBRO						
D	S	T	Q	Q	S	S
—			1	2	3	4	5
6	7	8	9	10	11	12
13	14	15	16	17	18	19
20	21	22	23	24	25	26
27	28	29	30	31	—	—

Alguma coisa

A paz está interrompida

O presidente Wilson não trata com um governo que continúa a commetter toda a sorte de crimes

WASHINGTON, 15.— O tex Os jornaes da tarde se mani-

Em Paranaguá, n'aquella epocha, ia effectuar-se o casamento de uma filha do syrio Barbosa. Do Rio de Janeiro vieram assistir ás bodas alguns syrios, que estavam com o mal incubado.

De Antonina e Morretes seguiram para aquella cidade, com o mesmo fim dos do Rio, alguns patricios do Sr. Barbosa. Folgaram juntos e cada um dos residentes em Antonina e Morretes Trouxe consigo o gérmen do mal, que se disseminou com rapidez entre as populações das referidas cidades. Em Paranaguá, por sua vez, os hospedes fluminenses não só padeceram da molestia, como também a transmitiram aos patricios e á população.

Relatório do Sr. Dr. Trajano Reis
director do Serviço Sanitario.

Um homem eu caminho sozinho
nesta cidade sem gente
as gentes estão nas casas
a grippe

DIA 20 DOMINGO

A Allemanha vae capitular

A SEMANA RIMADA
"La influenza española"
Esso todo, la gran grita.
No tiene casi nada
No passa, cosa esquisita!
De una... gran españolada

Jeca Rabecão

O COMMERCIO DO PARANÁ

CORTINAS

CORTINADOS

BRIZE-BIZES

ESTORES

VERIFIQUEM OS SORTIMENTOS QUE APRESENTA

O LOUVRE

RUA QUINZE DE NOVEMBRO, 43 5. — [illegible]

DIA 22 TERÇA

O DIRECTOR DO SERVIÇO SANITARIO MANDA AVISAR AS EMPREZAS FUNERARIAS QUE FICAM PROIBIDOS OS ENTERROS Á MÃO, ENQUANTO ENTENDER NECESSARIO Á BEM DA SAUDE PUBLICA E QUE OS ENTERROS DOS QUE FALECERAM DE MOLESTIAS TRANSMISSÍVEIS SERÃO FEITOS SEM ACOMPANHAMENTO SENDO O CADAVER PROMPTAMENTE REMOVIDO PARA O NECROTERIO DO CEMITERIO MUNICIPAL.

CORITIBA, 22 DE OUTUBRO DE 1918

O SECRETARIO - RICARDO NEGRÃO FILHO

- "E, era a pé. Iam carregando o caixão e as gentes a pé acompanhando pela cidade inteira até o Cemitério Municipal. Tinha os muito ricos que faziam enterro com carro, cavalos de penacho, pano preto, mas eram bem poucos. A maioria a pé, por muito tempo, foi assim."

DONA LÚCIA - 1976

Delegasia Fiscal do Thesouro Federal — Curityba - Paraná - Brazil
Curityba, 27/3/1915.

UM CASO PUNGENTE

Quando o povo se achava agglomerado em frente ao botequim, chegou ali Maria Esteves, noiva do assassinado, que pedia para ver o cadaver de seu noivo: pedido a que os guardas depois de muita relutancia resolveram acceder.
A infeliz, ao ver o cadaver do noivo, cahiu debulhada em lagrimas, lamentando a sua triste sorte.

COMMERCIO DO PARANÁ

Vida Social

...Positivamente a vida humana não vale um caracol...
COMMERCIO DO PARANÁ

Redacção e Officinas
Rua 15 de Novembro, 51
Endereço teleg. — "Diario"
Caixa do Correio — C
TELEPHONE 208

DIARIO

Director: Generoso Borges | FOLHA DE MAIOR CIRCULAÇÃO NO PARAN

A influenza

CONTINUA NA 2. PAGINA

Camara Municipal

Com numero regimental, funccionou hontem a Camara Municipal

A inspecção do sr. general Barbedo a esta circumscripção

Destacamos da ordem do dia hoje baixada pelo sr. coronel Olavo Correia a seguinte parte que se refere á visita de inspecção do sr. general Luiz Barbedo, commandante desta região, á circumscripção do Paraná:

Terminada a inspecção pelo sr. general commandante desta região militar aos corpos e estabelecimentos militares desta capital, tendo sido por mim acompanhado em todas as visitas que fez, cumpro o grato dever de publicar que me parece ter sido a melhor possivel a impressão recebida pelo mesmo sr. general que deve ter notado o muito que se tem esforçado os srs. commandantes, officiaes e praças das diversas unidades para que a instrucção militar fosse ministrada convenientemente e sem embaraços.

Levando na devida conta a falta de officiaes e a deficiencia do material necessario para que a instrucção pudesse ser completa, penso nada ter deixado a desejar ao sr. general o resultado dos esforços por todos empregados.

O passeio militar no dia 12 de Outubro revelou o asseio, garbo e disciplina das unidades, parecendo ter aquella autoridade ficado satisfeita com o que observou.

Por todos esses motivos apresento minhas felicitações aos srs. commandantes de unidades e directores de estabelecimentos militares, bem como aos officiaes e praças, que bastante concorreram para os resultados colhidos, agradecendo-lhes o interesse sempre patenteado no cumprimento dos seus deveres e louvando-os pela capacidade e disciplina e que continuamente dão sobejas provas.

Aproveito ainda a opportunidade para felicitar os srs. officiaes que fizeram conferencias militares, ás quaes assisti, pelo bom exito alcançado de seus esforços.

A designação desses officiaes que era feita por sorte recahiu nos seguintes srs.: 1.° tenente Fabriciano do Rego Barros, do 4.° R. I.; 2.° tenente Adriano Saldanha Mazza e aspirante á official Antonio Alves de Magalhães, da 2.ª C. M.; capitão João Fernandes Jonsen Tavares, do 2.° R. A. M., e capitão Sebastião Pinto da Silva, do 2.° B. E. Devo citar tambem o sr. major dr. Olegario de Andrade Vasconcellos, chefe do Serviço de Saude e Veterinaria da Circumscripção, que se encarregou do serviço de conferencias sobre hygiene, que produziu um bello trabalho sobre o alcoolismo, declamado [illegible]

A Syria e

Theatros

O gran

Que

Artigo sobre a gripe espanhola censurado no Diário da Tarde

CONSELHO

ACONSELHAMOS AOS HABITANTES DE CORITIBA QUE NÃO SE VISITEM, MESMO QUE NÃO HAJA MOLESTIA NAS CASAS QUE PRETENDEREM FREQUENTAR, ATÉ QUE TERMINE A EPIDEMIA NO RIO DE JANEIRO; BEM COMO QUE NÃO CONCORRAM AOS LOGARES ONDE HOUVER AGGLOMERAÇÕES DE PESSOAS.

SR. DR. TRAJANO REIS
DIRECTOR DO SERVIÇO SANITARIO DO ESTADO
22/10/1918

Entro na casa
a porta sem chavear
alguém que saiu para voltar
e não voltou mais
entrou para sair
e não saiu mais

Não sei porque
entro entrei
nesta casa onde nunca entrei
Pássaro em água estranha
Vagueio pela penumbra do corredor
pela porta entreaberta vejo

DIA 23 QUARTA

MUSA ALEGRE

Não há nada neste mundo
Que mais possa aborrecer
Do que cruel "quebradeira"
Sem vintem pr'a dispender

Esteve aqui a Olona
Com Salvat - o bello par -
E não pude uma só vez
Os mesmos apreciar-p!

Não vos sei tambem dizer
Porque houve tal vazante
Si por andarem como eu
Numa lizura berrante

Ou si por cousa diversa:
Por se meter na cachóla
Do povo qualquer receio
De companhia "hespanhola"

JUCA VIOLA

Pois que d'ella só se falla
N'outra cousa não se pensa
E anda tonta, atrapalhada,
A propria gente da "Imprensa"

O Lauro Lopes já disse:
Quem quiser ser forte e "são"
Beba limão com cachaça
Sem abusar do "limão"...

Cada coro - uma sentença!
Um conselho em cada esquina
E a série de disparates
Boas risadas propinas...

Mas eu, pensando no caso,
Prá não adoecer
Tomo o conselho do Lauro
E deixo o barco correr

DIÁRIO DA TARDE

Manuel Salvat

Emil·a Olo.ıa

COMP. CINE THEATRAL PARANA,

Elegante --- Central

HOJE - - HOJE

O grande acontecimento da semana:

A CAMINHO DE BERLIM

Creação extraordinaria do actor sportman americano:

GEORGE WALSH

Uma das mais bellas producções de FOX.

O record dos records

DIA 24 QUINTA

NA BELGICA OS EXERCITOS ALLIADOS VÃO LEVANDO DE VENCIDA OS ALLEMÃES

NÃO MORREU NINGUÉM
Informa-nos o sr. Benedicto Carrão, official do registro civil, que honteme hoje, não se registrou obito algum nesta capital.

DIÁRIO DA TARDE

«Commercio do Paraná»

Em virtude de terem adoecido alguns dos nossos operarios a ultima hora, não nos foi possivel fazer com que a edicção de hoje sahisse com toda a materia de redacção.

"Famílias inteiras. Não houve casa que não tivesse alguém doente. Parecia a cidade dos mortos."

DONA LÚCIA - 1976

DECRETO Nº 132

O PREFEITO MUNICIPAL DA CAPITAL, TENDO EM VISTA QUE AS DIRECTORIAS DE SERVIÇOS SANITARIOS DA CAPITAL DE SÃO DE PAULO E DESTE ESTADO, BEM COMO DA CAPITAL FEDERAL, ACONSELHAM INSISTENTEMENTE QUE SE EVITE A PROPAGAÇÃO DA "GRIPPE ESPANHOLA", EPIDEMIA ORA REINANTE EM DIVERSAS CIDADES DO PAIZ.

A peste! Ella não nos visitou ainda, não nos visitará. E, se subir a serra pela linha ferrea ou pela estrada da Graciosa, não encontrará aqui ensachas, meio favoravel á sua propagação virulenta. (Sebastião Paraná - Commercio do Paraná)

RESOLVE, COMO MEDIDA PREVENTIVA CONTRA A INVASÃO DESSA EPIDEMIA, SUSPENDER O FUNCIONAMENTO DOS CINEMAS E OUTRAS CASAS DE DIVERSÕES DESTA CAPITAL.

CURITYBA, 24 DE OUTUBRO DE 1918

(ASSIGNADO) - JOÃO ANTONIO XAVIER

PREFEITO MUNICIPAL

OUSADIA BOCHE

O distinto advogado criminal sr. Napoleão Lopes effectuou hontem a prisão do germanophilo Roberto Thomaz que no “buffet” do Theatro Hauer teve palavras ofensivas às nossas instituições a ao governo da República determinadamente ao sr. presidente Wenceslau Braz. Ouvindo aquelle advogado palavras insultuosas á nossa Patria, deu, aquelle subdito sueco, que assim, se manifestava tão favorável á Germania e tão hostil a nossa Republica, voz de prisão, á ordem do sr. dr. Chefe de policia, indo, immediatamente á chefatura de policia, onde, por escripto, deu essencia do seu acto. O referido germanoplhilo foi recolhido ao xadrez... para exemplo, às 23 e 30 horas.

COMMERCIO DO PARANÁ

DIA 25 SEXTA

O PAPA INTERCEDE PARA QUE A BELGICA NÃO SEJA DESTRUIDA PELOS ALLEMÃES

Mãos grandes como de cavalo.
A direita assentada sobre o lento respirar do seio rijo.
A esquerda, a da aliança por sobre o lençol branco
branco braço nú, parca seara de louros pelos

OFFICIO DE DR. LINDOLPHO PESSOA, CHEFE DE POLICIA AO DIRECTOR DE HYGIENE DO ESTADO DO PARANÁ, EM 25 DE OUTUBRO DE 1.918.

"SENDO NO MOMENTO ACTUAL DE GRANDE NECESSIDADE PARA A SAUDE PUBLICA, A HYGIENE QQUE SE DEVE MANTER NAS PRISÕES DOS POSTOS CENTRAL, DA GRACIOSA, PORTÃO E DESTA REPARTIÇÃO, SOLICITO A V. EXCA. AS NECESSARIAS PROVIDENCIAS AFIM DE SER FEITA, COM A POSSIVEL URGENCIA, A DESINFECÇÃO DAS REFERIDAS PRISÕES, ONDE EXISTE AVULTADO NUMERO DE DETENTOS.

SAUDAÇÕES.

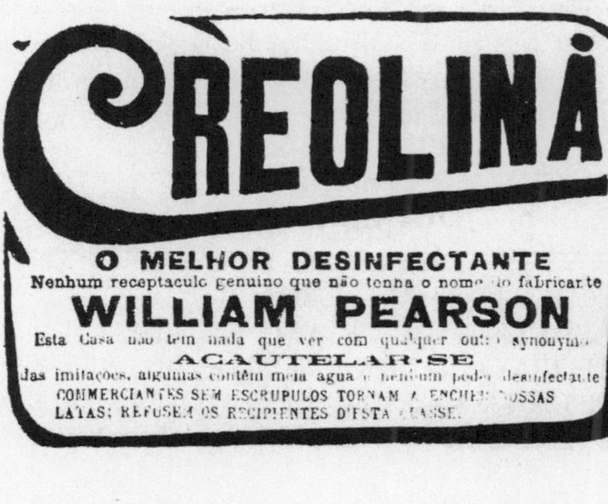

NÓS E A "INFLUENZA"

A nossa edição de hontem saiu muito aquem da espectativa, devido a uma interrupção inesperada do trabalho em consequencia de terem adoecido operários da secção de composição, obrigando-nos assim ao sacrificio de materia redactorial cuja inserção foi absolutamente impossivel.

Esse facto suscitou hontem em certas rodas, commentarios ironicos em torno da nossa attitude em relação á epidemia da "grippe espanhola", dizendo-se abertamente que a molestia invadira a nossa tenda para obrigar-nos á uma formal retratação.

Não obstante, continuamos firmes em nossa attitude pela razão de não ter sido de "grippe espanhola" verificado ainda um só caso n'esta capital, tratando-se de simples grippe, aliás commum na estação que atravessamos, os casos de doença existentes.

COMMERCIO DO PARANÁ

"Fiquei, sim. Mas em mim deu fraca, fiquei dias caída na cama ardendo em febre, prostrada sem vontade, como num outro mundo."

DONA LÚCIA - 1976

DIA 26 SÁBADO

DECRETO

O SR. DR. PRESIDENTE DO ESTADO DECRETA QUE SEJA CONSIDERADO DE FERIA O DIA DE HOJE, 26 DE OUTUBRO DE 1.918, NAS REPPARTIÇÕES ESTADOAES EM COMMEMORAÇÃO AO 1º ANNIVERSARIO DA ENTRADA DO BRASIL NA GUERRA ACTUAL.

NA SERVIA NA BELGICA
E NA FRANÇA OS ALLIADOS
AVANÇAM VITORIOSOS

"A HESPANHOLA"
De manhã abro as gazetas
nenhuma nota - que bola!
Limpo e relimpo as lunetas
Nada, nada de hespanhola...
A polícia nos socorre
Toda notícia degola
-Aqui, de vez, ninguém morre,
Foi p'ro xadrez, a hespanhola.

José da Gaita
DT

BROMIL

cura todas as doenças do peito, pulmões e garganta.

Os olhos costurados pela febre
loura linha
a mesma que tece seus cabelos

AMANHÃ NÃO HAVERÁ CULTO
Attendendo aos conselhos da Inspectoria de Hygiene, a Egreja Evangelica Presbyteriana da rua Comendador Araujo resolveu não realizar amanhã, domingo, os cultos de costume.

DIÁRIO DA TARDE

Depois raciocinemos um pouco. As egrejas são templos sumptuosos de Deus. Nestas condições, irrisorio seria que se as desinfectassem, Deus vendo a creolina penetra no seu templo certamente se sentiria diminuindo em meio a radiosidade de seu prestigio...
Fechemos os cinemas, mas também abertas não continuem as egrejas.

GASTÃO FARIA - DT

VALIOSISSIMA OPINIÃO!

"Remédios não havia. Pro pessoal da fábrica eles distribuíam garrafas com limonada. Havia o padre Miguel que ia nas casas levando folhas de eucalipto. Mas não tinha remédio que servisse."

DONA LÚCIA - 1976

VARIAS
Phenomeno unico na vida coritibana accentuando o contraste de somente em epoca de epidemia ás portas do Estado e quando se pretende espalhar o panico isto se dar: ha trez dias que não é registrado um só obito numa população de 80 mil almas.

....

Hontem, na rua Marechal Deodoro, no techo entre as ruas Primiero de Maio e Floriano Peixoto, estava sendo descoberta, com grande perigo para a saude publica, uma parte da rede de exgottos, pondo ao sol um lodo podre e capaz de infeccionar o ambiente.

....

Durante a semana ultima de 14 a 20 do corrente, nasceram no districto desta Capital, 39 pessoas e faleceram 19.
De molestia infecciosa houve apenas um obito, de febre typhoide.
COMMERCIO DO PARANÁ

NOTICIAS DO PAIZ
O RIO COBERTO DE LUTO
RIO,26 - A peste de guerra aqui importada pelo "Demerara" e recebida gentilmente com o carinhoso titulo de "pucha-pucha!
DIÁRIO DA TARDE

DIA 27 DOMINGO

Vida Social

SUELTO...
A influenza hespanhola e o amor seria uma tese psychologica magnifica para ser desenvolvida por um Paul Bourget de francaria que se atormentasse num eterno sonho de duquezas e condessas, pallidas e loiras, muito loiras e frias...

COMMERCIO DO PARANÁ

Cabelos de vassoura
mais macios, meus dedos dizem
Amarelos
Ao levantar o branco lençol
advinharei os outros pelos
?

A AUDACIA DO INIMIGO
PRECISAMOS SER MAIS ENERGICOS
AO MENOS EM NOSSO PAIZ

É deveras para se lastimar o facto occorrido hontem á noite, nesta cidade. Uma cafila de allemães audaciosos, cheios de presumpção e agua benta ( ), entenderam de em pleno seio da capital desrespeitar a nossa pátria, cantando hymnos patrioticos allemães e jogando chacotas aos brasileiros praticando outras tantas imprudencias que o atual estado de guerra em que nos achamos não permite ....

.... Na Repartição Central .....

....

.... O mais exaltado era o conhecido fanfarrão Frederico Rummert que em portuguez arrevesado gritava: "Não bode ser, nós não somos criminosos e não ha lei que obrigue a falla portuguez". "Cantamos e havemos de cantar hymnos allemães porque não somos trahidores de nossa patria".

Esse estupido e atrevido subdito do kaiser, revoltou-se contra os guardas, procurando offendel-os com palavras asperas quando era recolhido ao xadrez".

Havendo algumas mulheres dito que "não iam para casa sozinhas" ... o escrivão daquelle posto offereceu guardas civis para acompanhal-as. Á essa offerta, ellas responderam: "Não precisamos ir com brasileiros, preferimos ir sosinhas".

E foram ... COMMERCIO DO PARANÁ

VARIAS
Em nossa edição de antehontem noticiamos a tentativa de suicídio de d. Anna Urichi, esposa do sr Stanislau Urichi, barbeiro á praça Zacarias 22. Hontem visitou-nos esse sr. explicando-nos ter sido desgostos por uma infermidade incuravel a causa daquelle acto de desespero, e não o receio da epidemia da grippe, como sahio na noticia ...

....

Com o de hontem, ha tres dias em que não se verifica um só obito nesta Capital (quadro urbano). Apenas no quarteirão das Merces se deram dois fallecimentos um por tuberculose e outro por lepra. Praza a Deus que assim se conserve Coritiba. COMMERCIO DO PARANÁ

PRECISA-SE

De uma mulher para viver com um bom homem solteiro.
Rua Saldanha Marinho n.º 168 (das 5 as 6 horas da tarde)

Familias

Procureis comprar Naphtalina Creol, em escamas, pois é a melhor para a desinfecção no interior das casas, queimando-se uma pequena porção sobre brazas.

Com este methodo pratico e economico, evita-se facilmente a propagação de qualquer epidemia.

"É, folhas de eucalipto. Para queimar dentro de casa. Remédios não havia. Muito repouso, ficar deitado curtindo a febre alta, o cansaço, a dor por dentro."

DONA LÚCIA - 1976

DIA 28 SEGUNDA

O KAISER VAI SER DEPOSTO

A SITUAÇÃO NO RIO

DECLINA LENTAMENTE A EPIDEMIA E OS CADAVERES JÁ SÃO SEPULTADOS

A PESTE RECRUDESCE A SOPA DOS POBRES

buço parco louro
encima lábio rubros do calor da febre
ao levantar o branco lençol
encontrei outros pelos louros
cercando outros lábios

NAS RUAS E NA POLICIA

NO QUE DEU A "HYGIENE NAS PRISÕES"

Hontem a tarde, o preso João Baptista Alves dos Santos, que se acha recluso no xadrez do Posto Central, tentou contra a existência tomando uma forte dose de creolina, isso por desgostos intimos...

DIÁRIO DA TARDE

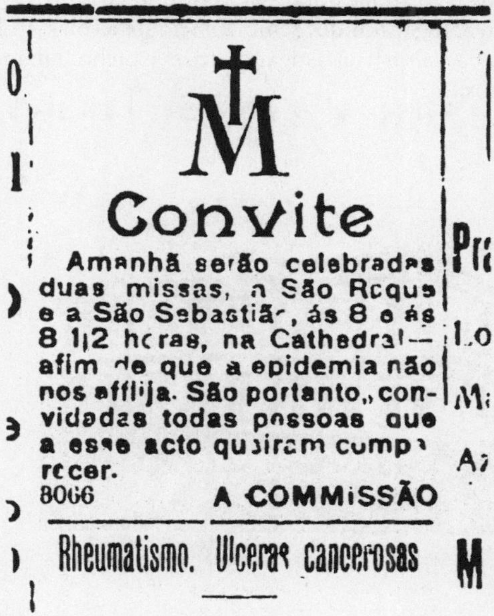

✝ M

Convite

Amanhã serão celebradas duas missas, a São Roque e a São Sebastião, ás 8 e ás 8 1|2 horas, na Cathedral — afim de que a epidemia não nos afflija. São portanto, convidadas todas pessoas que a esse acto quizeram comparecer.

8066 A COMMISSÃO

Rheumatismo. Ulceras cancerosas

Direi do Senhor: Ele é meu refúgio e minha fortaleza, o meu Deus: Nele confiarei

Porque Ele te livrará do laço dos caçadores e da peste perniciosa.

Ele te cobrirá com suas penas e debaixo de suas asas te acolherá: a sua verdade será teu escudo e broquel.

Não terás medo do terror nocturno, nem da seta que vôa de dia.

Nem da peste que vagueia nas trevas; nem da calamidade que assola ao meio dia.

Mil cairão ao teu lado, e dez mil à tua direita, mas não se chegará a ti.

Somente com os teus olhos contemplarás, e verás a paga dos pecadores

Porque o teu refúgio é o Senhor, ao Altissimo te entregaste.

SALMO 90

DIA 29 TERÇA

O "COMMERCIO" NÃO CIRCULOU

Deixou de circular hoje o nosso apreciado collega mattutino "Commercio do Paraná", em virtude de terem adoecido diversos funccionarios de suas officinas.

DIÁRIO DA TARDE

No jardim o Hospício tinha umas pereiras, brancos os pés, pintados de cal. Não adiantava, lugar úmido, sempre cheio de lesmas. O louco comia pêra com lesma, ficava horas mastigando fruta e bicho, olhando, olhando com aqueles olhos...

COMO MEDIDA PREVENTIVA ESTÃO SUSPENSAS AS VISITAS AOS DOENTES INTERNADOS NO HOSPÍCIO NOSSA SENHORA DA LUZ. TODA E QUALQUER INFORMAÇÃO AO RESPEITO DOS MESMOS DEVERÁ SER DADA PELA EXMA. SRA. IRMÃ SUPERIORA E PELOS MÉDICOS DO ESTABELECIMENTO NAS HORAS HABITUAES DE VISITA.

CURITIBA, 29 DE OUTUBRO DE 1.918
O DIRETOR
DR. LEMOS

No monte de venus
parca loura penugem
- como pelo de pecego -
margeando os lábios rubros do amor
- fenda
virgem para mim
advinhada por mim

"Muita gente ficou com o juízo abalado. Por causa da febre forte dias e dias. Mesmo muito tempo depois da gripe encontrava-se gente que nunca mais recuperou a razão, pro resto da vida." DONA LÚCIA - 1976

DIA 30 QUARTA

AS VICTORIAS DOS ALLIADOS SE MANIFESTAM POR TODA PARTE !

A Austria rende-se e quer a paz incondicionalmente

Os anglo-italianos avançam além do Piave e capturam 12.000 austriacos e 50 canhões

A Belgica vae ter a séde do seu governo dentro dos territorios recem-libertados

A GRIPPE

Embora a censura policial tivesse varrido do noticiario da imprensa a relatação dos fatos verificos, com relação á epidemia, o nosso dever profissional nos força a sahir do mutismo em que nos encontravamos nesse sentido e vir dizer ao povo que todo esse preparativo que se faz não é apenas para evitar que o mal chegue até nos, mas sim para dar combate á enfermidade que já nos atingiu. *DIÁRIO DA TARDE*

"Os primeiros mortos tinham mortalha, eu mesma costurei algumas. Depois era de qualquer jeito, faltou até caixão. Vinham buscar os mortos, antes de enterrar tiravam do caixão pra servir para outro."

DONA LÚCIA - 1976

ONDE IREMOS PARAR?
A QUE PONTO CHEGA A
INSOLENCIA DE UM BOCHE

O allemão Rodolfo André Damn, veio á rua 15 de Novembro, onde praticou uma necessidade phisiologica na porta da redação do "Diario da Tarde" e em seguida veio escarrar na porta da nossa redação.

COMMERCIO DO PARANÁ

O SR. PRESIDENTE DA REPUBLICA ESTARÁ COM A "MARIA IGNACIA"?
Rio 30 - Encontrasse ligeiramente enfermo o sr. Wenceslau Braz, que não desceu hontem às salas de recepção. DIÁRIO DA TARDE

A FALTA DE CINEMAS
TRANSFORMA CURITIBA EM
UMA CIDADE DE MORTOS
DT

DIA 31 QUINTA

RCIO DO PA

OPRIEDADE DA SOCIEDADE ANONYMA "COMMERCIO DO

Coritiba --- Quinta-feira, 31 de Outubro de 1918

Visões da Guerra

FRANÇA --- A banda de musica do tão celebre quão glorioso 8 regimento de Zuavos do exercito francez

Ministerio da Justiça e Negocios Interiores

Serviço de prophylaxia rural do Paraná

Combate á grippe

Conselhos á população paranaense

É impossível evitar a propagação da epidemia de grippe por não existir um preventivo seguro capaz de evitar a infecção.

Aconselhamos, comtudo, o seguinte:

Tranquilidade e confiança nas auctoridades sanitarias.

Não fazer visitas e evitar o contacto com os doentes de grippe, porque o contagio é directo, de individuo doente a individuo são.

Evitar toda a fadiga ou excessos physicos.

Fazer refeições leves e a horas certas e dormir tempo sufficiente.

Tomar um laxante cada 4 dias, afim de trazer o tubo digestivo sempre desembaraçado

Fugir das agglomerações, sobretido á noite.

Evitar o uso de bebidas alcoolicas.

Lavar a bocca, nariz e gargarejar com agua salgada com agua salicylada a 1 por 200, de manhã e de noite, e instillar, em seguida, 5 gottas de oleo gomenolado a 5% nas narinas, ou usar tampões de algodão com vaselina mentholada a 3%.

Para lavar a bocca e gargarejar é excellente a agua com um pouco de tintura de iodo.

Evitar as causas de resfriamentos, que facilitam a infecção.

Sentindo dôres de cabeça e pelo corpo, com febre, deve ir immediatamente para a cama, fazer uso de purgante salino ou de calomelanos e tomar aspirina e quinino á 0,30 centigrammos para uma capsula. Tomar 3 por dia. Dieta lactea.

So levantar-se quando não sentir mais nada.

O repouso ao leito, o regimen lacteo e essa medicação inicial, evitam as complicações pulmonares gastro-intestinaes ou nervosas, que são muito graves.

Só chamar o medico para os casos serios, afim de evitar que elles adoeçam pelo esfalfamento e venham a faltar no momento mais difficil, quando elles poderão prestar maiores serviços á população.

Todo doente grave deve ser entregue a um enfermeiro ou enfermeira, para evitar a intervenção de pessoas da familia ou extranhas, que seriam contagionadas, aggravando a situação geral.

Quanto a desinfecção basta passar um panno molhado em agua com crolina pelo soalho da casa do doente e desinfectar o seu escarro, também com creolina.

O mais importante é a desinfecção da roupa de corpo e de cama, do doente, diariamente, pela fervura.

A grippe é molestia muito séria quando descuidada.

O doente não deve receber visitas, a não ser do médico assistente.

Recommendamos maior rigôr na defesa das pessoas edosas e creanças, contra a infecção.

AVISO: - A homeopathia, o espiritismo e as hervas, não curam a grippe, como nenhuma outra molestia infectuosa ou parasitaria.

1918

Novembro

O mez da gripe

DIA 1 SEXTA

"O KAISER CAPUT..."

Contra esse injustificado interesse das autoridades sanitarias, de ocultar a verdadeira situação, foi que, em termos claros, não em entrelinhas nos manifestamos ante-hontem, pois que, quasi sem homens para o trabalho, vendo hora a hora cahirem os nossos companheiros enfemos, reconhecendo que outra cousa não era sinão essa epidemia que já se estende por todo o Brasil, não nos era possivel descuidar da nossa propria vida, achando razão nas declarações de que em Coritiba não há epidemia.

DIÁRIO DA TARDE

Agora está mesmo morrendo muita gente.

Começou o mez de Novembro com um obito por grippe, no dia primeiro. Dahi em diante, o mal tomou proporções assustadoras, espalhou-se de modo aterrador, invadiu, por assim dizer, todas as casas, todas as classes sociaes.

Relatório do Sr. Dr. Trajano Reis,
director do Serviço Sanitário

não obstante, continuamos firmes em nossa attitude pela razão...

"Como saber quantos morreram? O governo não ia dizer o número verdadeiro dos mortos para não alarmar. Até hoje, ninguém sabe ao certo."

DONA LÚCIA - 1976

Fina loura linha
não de tecer
mas louro novelo
ninho para o pássaro
asas da minha mão

DIA 2 SÁBADO

...E assim vamos indo nessa estrada,
Tristonha de amarguras e miseria,
Deixando o corpo á podridão do Nada.
FERREIRA LEAL - Nov. 1918

PEQUENAS NOTAS

Embora permitindo que os cinemas voltassem a funccionar, a directoria do Serviço Sanitario o fez sob condicção de funcionarem somente 3 vezes por semana.

CP

A freira, na lidadeira daqueles dias, deixou a porta aberta. O louco entrou, viu a coifa da freira em cima da cama. Deve ter achado bonito, colocou na cabeça e saiu daquele jeito pelos corredores: camisolão branco e coifa na cabeça, cantando:

DIA 3 DOMINGO

Nas outras mulheres
que conheci na cama
preta mata cerrada
escondendo o sulco
muitas vezes arado

Creada

Precisa-se com urgencia de uma cosinheira para acompanhar uma familia para fóra da Capital. Trata-se á rua Commendador Araujo n. 51.

"Muitas famílias saíram da cidade, com medo da gripe. Quem podia, saía. Mas ir para onde? As outras cidades também estavam doentes."

DONA LÚCIA - 1975

DIA 4 SEGUNDA

Kirie Eleisson, Kriste Eleisson
Buxeta, Buxeta, Buxeta, Allamão
Allamão Te pego allamão AhhhhhAaaaaah Ghhaaaaaaaa.

A HOMOEOPATHIA TAMBÉM CURA

AVISO - A homoeopathia, o espiritismo e as hervas, não curam a grippe, como nenhuma outra moléstia infectuosa ou parasitaria. DR. HERACLIDES DE ARAÚJO

Na homoeopathia está a salvação do genero humano, a segurança das sociedades, a saude das famílias, a garantia do médico conscencioso, o complemento e a certeza da arte de curar - DR. SATURNINO SOARES DE MEIRELES - Conceitos sobre a doutrina homoeopathica.

Zombar de uma causa de que se não tem conhecimento, que se não sondou com o escalpello do observador consciencioso, não é criticar, é dar prova de leviandade e pobre idéa do proprio juizo. - ALLAN KARDEK - Livro dos Espiritos

O Altissimo creou da terra os medicamentos e o homem prudente não os desprezerá. - ECCLESIASTICO - Cap. 38 V.4. DIÁRIO DA TARDE

não obstante, continuamos firmes em nossa attitude pela razão...

DIA 5 TERÇA

"Ali naquela casa morreram sete, era o pai chegar de um enterro já tinha de levar outro filho para o cemitério. Ele mesmo fazia os caixões. No fim, faltou madeira."

DONA LÚCIA - 1976

DIA 6 QUARTA

VIGOROSO ATAQUE BRITANICO

MEDIDAS DA SOUTH

Luctando com a falta de pessoal devido a epidemia reinante, resolveu a South Brazilian Railway, suspender temporariamente o trafego de eletricos á noite em nossa Capital.

CO - 6/11/1918

Ou então,
as de pouco pelo (negro)
que conheci
ofereciam lesmas escuras
que mesmo penduradas
da carne faziam parte

"Morava um casal de alemães, a mulher alta, loira, muito bonita. Clara, isso, seu nome era Clara. Não recebiam muita visita, não se davam com a gente do bairro. Os dois caíram com a gripe, ninguém notou. Imagine os dois, um num quarto, outro no outro, sofrendo sem assistência. Passaram muitos dias até que a vizinha lá entrou e encontrou os dois..."

DONA LÚCIA - 1976

A "BLACK LIST" ALLEMÃ

"Apesar do estado de guerra, em que nos achamos, é sabido que os subditos allemães que infectam a nossa capital mantêm um "jornal" escrito á machina o qual escreve telegrammas que dizem receber por intermédio da Argentina. Esse "jornal boche" passa de mão em mão"...

COMMERCIO DO PARANÁ - 6/11/1918

DIA 7 QUINTA

A PAZ NÃO ESTÁ TÃO PRÓXIMA DIZ CLEMENCEAU

Nada assemelhado a isso
fenda estreita oferecida como
lábios da febre
pequeno regato de
morna ácida água
onde vibram mil peixes

DEIXEMOS DISSO

...Imagine-se, por exemplo, um pobre enfermo a curtir 40º de febre e ouvir lá fora, no silêncio sepulchral das ruas desertas, o buzinar estridente da ambulancia da Assitencia Publica que, ás vezes, passa por ahi somente porque vae levar o chaufer ao almoço?...

... Ao ouvir o trombetear agudo do auto ambulancia tem-se a impressão dolorosa de que qualquer coisa apavorante ocorre ao nosso derredor.

COMMERCIO DO PARANÁ

As abas da coifa, asas sinistras sibilantes, corvo branco da morte, o louco homicida.

Vida Social

...Mas a sra d. Hespanhola, parece não ter vontade de deixar ninguém em paz...

COMMERCIO DO PARANÁ

DIA 8 SEXTA

A CESSAÇÃO DA GUERRA COM A ALLEMANHA FOI FIRMADA

O REGOSIJO PELA TERMINAÇÃO DA GUERRA É ENORME EM TODAS AS CIDADES DO MUNDO

COMMERCIO DO PARANA — Coritiba, 8 de Novembro de 1918

PELO TELEGRAPHO

Os originaes dos nossos telegrammas ficam á disposição do publico em nossa redacção : :

assignado hontem o armisticio entre os alliados e a Allemanha

Rio, 7 (Urgente) — Telegramma recebido á ultima hora
-ondres, noticia que foi hoje, ás 11 horas, assignado o
-isticio entre os paizes alliados e o imperio allemão.
Essa noticia sensacional, máo grado a situação lamen-
-l e dolorosa em que se acha o Rio, causou grande
-ção, tendo a cidade se movimentado muito ás primei-
-horas da noite.
Intensificou-se ainda mais a sensaçao popular, quando
-rnaes affixaram outros despachos telegraphicos annun-
-do que ás 13 horas de hoje foram cessadas as hostili-
-s em todas as frentes de batalha.

A bruma, a nevoa, a grippe. 8/11/18
JAIME BALLÃO JUNIOR - Caderno de um grippado

DIA 9 SÁBADO

A "HESPANHOLA"

Só se falla da epidemia. Mata se gente nos cafés, aggrava-se o estado dos enfermos nas esquinas, cream-se cifras de doentes, e só não se fazem sepultamentos por que o official do Registro reclama.

Peior, pois, do que a grippe hespanhola o que está nos matando é o boato. Acabemos com elle e terminará a grippe que de trocadilho em trocadilho, de pilheria em pilheria, está pela simples suggestão attirando com toda a gente á cama. CP

NÃO HAVERÁ CONCERTO

Ao contrario do que foi noticiado por um jornal, não haverá, amanhã concerto de banda de musica na Praça Tiradentes; primeiro porque a quasi totalidade dos musicos de nossa milicia baixou hospital atacado da epidemia reinante e, segundo, porque estando a população a braços com a epidemia não seria louvavel essa organização de diversão. DIÁRIO DA TARDE

DECRETO Nº 133

O EXMO. SR. CORONEL PREFEITO MUNICIPAL AUTORIZA O COMMERCIO DE SECCOS E MOLHADOS E PHARMACIAS A CONSERVAREM SEUS ESTABELECIMENTOS ABERTOS DURANTE OS DOMINGOS E DIAS FERIADOS, ENQUANTO PERMANECER A EPIDEMIA REINANTE. CURITYBA, 9 DE NOVEMBRO DE 1918

ass. JOÃO ANTONIA XAVIER - Prefeito Municipal

DIA 10 DOMINGO

Estou de pé ao pé da cama
o traço de sua fenda do amor fica horizontal
em relação a mim, como se os lábios fossem sua boca
onde encosto meus lábios

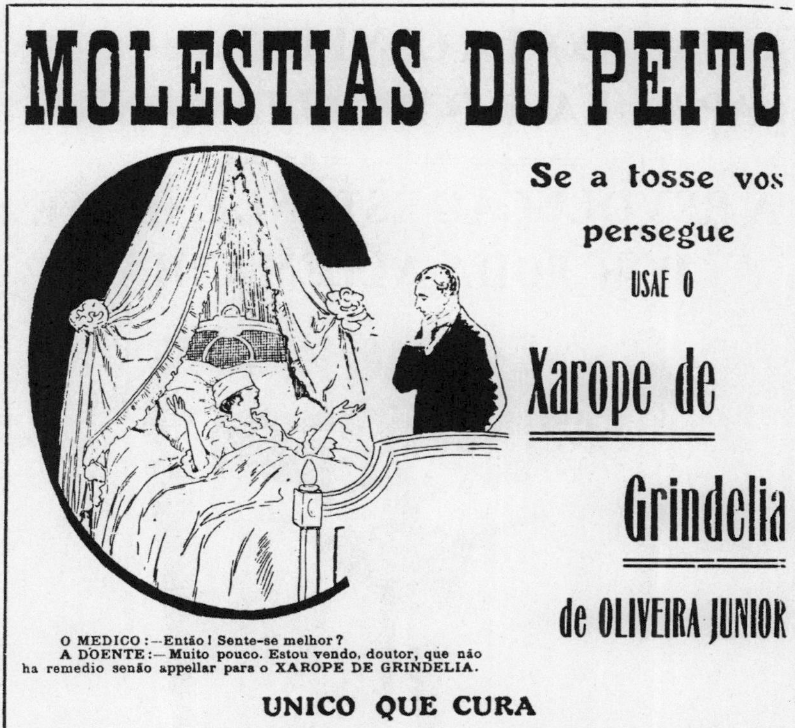

"...Não, não estavam mortos, não, mas quase. Tiveram que levar os dois para o hospital."

DONA LÚCIA - 1976

DIA 11 SEGUNDA

O KAISER ABDICOU E O KRONPRINZ TAMBEM NÃO QUIZ

O ARMISTICIO FOI ASSIGNADO COM A COMPLETA CAPITULAÇÃO DA ALLEMANHA

A REVOLUÇÃO ESTENDENDO-SE POR TODA ALLEMANHA

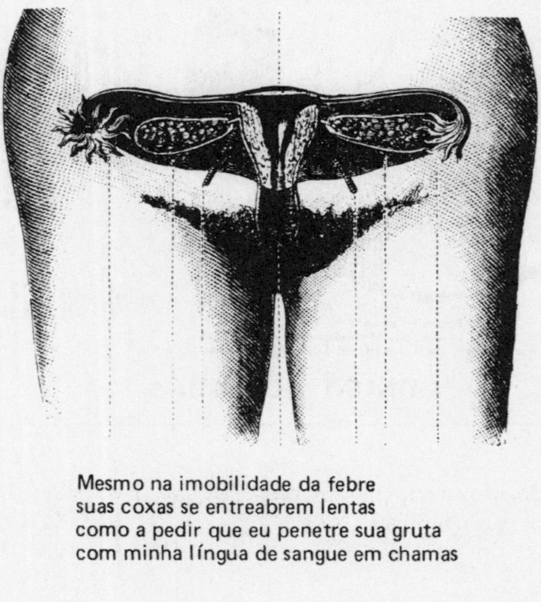

Mesmo na imobilidade da febre
suas coxas se entreabrem lentas
como a pedir que eu penetre sua gruta
com minha língua de sangue em chamas

INFLUENZA
pelo Dr. Nilo Cairo

...O começo da molestia é ordinariamente brusco. Em geral os typos classicos da influenza começam por uma "febre" bastante forte, depois de repetidos "arrepios" de frio, violenta "dor de cabeça", grande prostação geral, e muito frequentemente "dores" bastante intensas das "costas e das cadeiras". A prostação é algumas vezes tão profunda que pessoas bem robustas são obrigadas a se meter na cama. Outras vezes se observam symptomas nervosos, excitação e delirio...
Aponta-se também como symptoma caracteristico da influenza, um "peso doloroso nos olhos", que se produz principalmente quando o doente move com os olhos.

DIÁRIO DA TARDE - 11.11.1918

Kirie eleysson allamão te cuspo
escarro lesma em cima de ti allamão
allamão cabeça de mamão
allamão mão peluda

RECLAMAÇÕES
Sr. redactor do "Diario da Tarde"
Um facto que deve merecer a attenção de quem de direito é esse de estarem a dobrar finados, a todo instante, os sinos da Igreja do Rosario, em caminho do Cemiterio Municipal. Agora que o numero de mortos augmentou os sinos ali dobram constantemente sempre que um enterro se aproxima, espalhando, esse som, a apprehensão, a magua e a tristeza.

DIA 12 TERÇA

IOR CIRCULAÇÃO NO PARANÁ — Coritiba — Terça-feira, 12 de N

Telegrammas

VENCEMOS A GUERRA!

A COMMUNICAÇÃO OFFICIAL DA CESSAÇÃO DA GUERRA.— As RESOLUÇÕES DO GOVERNO.

RIO. 12. — O sr. dr. Nilo Peçanha, ministro das Relações Exteriores, recebeu hontem á

AS CONDIÇÕES IMPOSTAS PELOS ALLIADOS SÃO AS MAIS HUMILHANTES PARA A ALLEMANHA.

O ex-Kaizer entrega-se prisioneiro

AMSTERDAM, 12. — O ex-

VARIAS

AS BARBAS DO VIZINHO

É o caso que havendo fallecido domingo a esposa de um cidadão, foi elle a uma empresa funeraria para encomendar o indispensavel caixão mortuario. Pois bem: a empresa declarou-lhe que a sua encommenda só seria attendida hoje, terça feira, para quando teria de ser transferido o enterramento. Vendo que tal facto constituia uma anormalidade o cidadão referido dirigiu-se á policia, onde ouviu que "a policia não tem nada com isso".

COMMERCIO DO PARANÁ 12/11/1918

AS VICTIMAS AVOLUMAM-SE
21 OBITOS SENDO 16 DE GRIPPE

OS CINEMAS FECHARAM
A GRIPPE TORNA-SE CONTAGIOSA
SETE DIAS POR SEMANA DT

†

Agora está mesmo morrendo muita gente.

DIA 13 QUARTA

ENFIM A PAZ!
ASPIRAÇÃO DOS POVOS CULTOS

... Esta folha sempre se manteve numa attitude de calma solicitude ante os interesses publicos, abstendo-se de dar noticias que pudessem levar terror á nossa população... COMMERCIO DO PARANÁ

A MORTANDADE CRESCE
Hoje, até ás duas horas da tarde foram registrados no Cartorio da Praça Tirandentes, 22 obitos, sendo 16 causados pelo mal reinante
DIÁRIO DA TARDE

DIA 14 QUINTA

JÁ MORREM 24 PESSOAS POR DIA EM CORITIBA

"Não sei bem no que o marido trabalhava, acho que era dono de alguma coisa. Eles quase não falavam com os vizinhos. O marido passava fora o dia inteiro."

DONA LÚCIA - 1976

Pharmacia Poloneza

Precisa-se de dois cocheiros na Empreza Funeraria, de P. Falce.

BARBEARIA
Ribeiro & Jardim
(Antiga Barbearia Paladino)

Faço isso
Somente depois é que meus lábios
minhas mãos
percorrerão, precorreram
outras partes do seu corpo:
a boca rubra febre,
os cabelos, o bico róseo dos seios,

DIA 15 SEXTA

No dia em que não houve caixões para serem transportados os cadaveres, mandei-os fabricar e, quando faltaram animaes para conduzir os carros funebres, mandei-os alugar pelo preço pedido, para que não ficassem insepultos os infelizes fallecidos.

Relatorio do Sr. dr. Trajano Reis,
director do Serviço Sanitario.

Coifa branca, camisolão, a muleta é foice que ceifa mil milhões de cabeças. Anjo exterminador.

O movimento observado hontem nos postos de socorro e nas pharmacias, assim como os informes fornecidos por alguns medicos, nos auctorizam a affirmar que a epidemia começou a declinar, sendo já muito limitado o numero de casos novos, nesta capital.

Queremos ganhar as alviçaras, dando aos nossos leitores tão animadora noticia que irá restituir a calma e tranquilidade á nossa população.

COMMERCIO DO PARANÁ

os olhos agora semicerrados, a parte
interna das coxas, novamente o bico
dos seios agora também todo o seio
branco telhado enche minha boca

"O que a gente via era a mulher, no quintal, cuidando de alguma coisa. Muito branca, alta, o cabelo bem comprido brilhando mesmo quando não tinha sol. Loiro."

DONA LÚCIA - 1976

DIA 17 DOMINGO

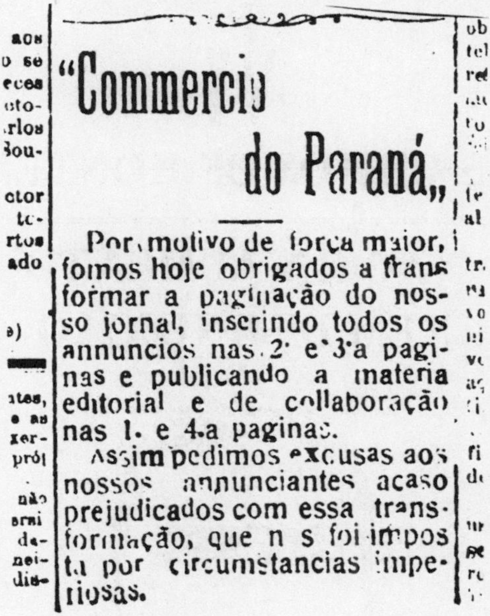

"Commercio do Paraná"

Por motivo de força maior, fomos hoje obrigados a transformar a paginação do nosso jornal, inscrindo todos os annuncios nas 2ª e 3ª paginas e publicando a materia editorial e de collaboração nas 1. e 4.a paginas.

Assim pedimos excusas aos nossos annunciantes acaso prejudicados com essa transformação, que nos foi imposta por circumstancias imperiosas.

DIA 18 SEGUNDA

a suave curva do ventre e
meus dedos percorrem tremulos a
copa de seus pentelhos, sugo seu
pescoço: uma mancha vermelha que depois
será roxa, suas mãos os dedos se erguendo
com meu forte apertar,
novamente a fonte do amor

A EDPIDEMIA DECLINA OU AUMENTA?
É o povo cuja sorte está em jogo a todo momento interroga. Ninguém lhe diz, porém. Não se publica uma nota estatistica pela qual se veja que a marcha da molestia que nos infelicita está sendo acompanhada cuidadosamente, e com esforços empregados para debela-la. DIÁRIO DA TARDE

DIA 19 TERÇA

OS OBITOS DE HONTEM

NÃO HÁ AUMENTO NEM DIMINUIÇÃO

Ela geme baixinho, não mais de febre
agora de gôzo?
Gózo e no auge do gôzo tento
abraçar todo seu corpo que se
me escapa e tenho nas mãos
como um pássaro peixe

A EPIDEMIA SÓ DECLINA PARA A SCIENCIA OFFICIAL

Maldito pesadelo da mão peluda pulo 3 vezes O mar do mar para lá ficou

AS TROPAS ALLIADAS CHEGAM AS MARGENS DO RHENO

ABORTOU NO RIO UM MOVIMENTO GREVISTA SEDICIOSO

O GOVERNO ESTÁ DISPOSTO A MANTER A ORDEM, CUSTE O QUE CUSTAR

RIO 20 - Apesar da censura da imprensa, alguns jornaes, noticiam que a policia descobriu um plano de gréve com caracter politico, tendo surprendido agitadores exactamente no momento de explodir o movimento. O governo está disposto a manter a ordem custe o que custar. Reina tranquilidade na cidade, estando a força policial de promptidão. DT

EM 13 OBITOS, 10 SÃO DE CREANÇAS!

Aviso.

A Empreza Funeraria. Pires & Cia.

participa ao publico em geral que, desde hoje em diante, attenderá a enterros, devido a seus proprietarios já se acharem restabelecidos da enfermidade que os obrigou a fecharem seu estabelecimento, estando aptos para attenderem a qualquer pessoa que necessitar dos serviços da mesma Empreza

Coritiba, 20 de Novembro de 1918.

J. Barreiros Pires & Cia.

DIA 21 QUINTA

Communique-se aos pobres este aviso:

O Dispensario São Vicente de Paulo, delicadamente, nos pede indiquemos aqui os pontos da cidade, onde distribue, o durante dia,, o caldo já preparado para os enfermos pobres :

Praça da Republica (Collegio São José) ;

Praça Santos Andrade (Collegio Sion)

Rua Iguassú n. 205 (Collegio Coração de Jesus) ;

Rua Ractcliff n. 217 (bandas d'Agua Verde).

E' para desejar que todos se tornem junto aos pobres, porta-voz dessa communicação:

DIA 22 SEXTA

FUGIO NO DELIRIO DA FEBRE
E NINGUEM O ENCONTRA

Noticiamos ha dias que o sr. Telemaco Jardim em um momento de crise nervosa occasionada pella grippe de que estava acommetido, fugiu de sua residencia á rua Carlos de Carvalho n.8, tendo a familia do enfermo solicitado os officios da policia para descobrir-lhe o paradeiro.

Entretanto, dias já se passam e não obstante os esforços empregados pela Inspectoria de Agentes e por pessoas amigas, o desventurado moço não é encontrado.

Concorre muito para interceptar as investigações o facto do pouco movimento da cidade, difficultando as informações que poderiam ser colhidas acerca do paradeiro do sr. Telemaco.

A falta de qualquer noticia sobre o pobre moço, leva a crer que se trate de uma occurencia mais grave.

A policia prossegue nas diligencias para deslindar o facto.

DIÁRIO DA TARDE

Vida Social

Que noitadas magnificas nos proporcionou a Companhia Salvat-Olona... E de saudade em saudade, como de abysmo em abysmo, chegamos até a ter saudade do tempo em que os cinemas abertos apresentavam a fita “Bigodinho vae á missa”... ou outra coisa egualmente profunda... COMMERCIO DO PARANÁ

RECLAMAÇÕES DO POVO

Pedem-nos moradores da rua Alferes Poly que intercedamos da hygiene municipal que providencie sobre uma casa da rua Silva Jardim onde residem lavadeiras que cuidam das roupas de um hospital de grippados, estendendo-as pelas cercas. O escoamento da agua se faz pela valleta da rua, onde estagna, pondo em risco a saude dos mesmos moradores.

COMMERCIO DO PARANÁ

Um grito lancinante foi ouvido.

DIA 23 SÁBADO

Mão peluda acuda acuda acuda
cuda cuda cuda cuda cuda
cuda mãe cuda mãe cuda mãe

DIA 24 DOMINGO

POLICIAES

BAILES DE ARRELIA
VIZINHANÇA INCOMMODADA

Hontem, na casa n.158 da rua Silva Jardim, teve logar um barulhento baile que, dado a agglomeração de mulheres da vida facil e de muitos desocupados, muito incommodou a visinhança, onde se acham pessoas atacadas de grippe. Segundo fomos informados o baile da arrelia foi promovido pelo cabo do 4º Regimento, Manoel Candido de Almeida.
Tarde da madrugada, quando a bachanal chegou ao auge, algumas pessoas pediram á patrulha de cavallaria para acabar com a encrenca.

COMMERCIO DO PARANÁ

Pancada táo forte que saiu uma espuma de sangue na boca. Ficou ali tempo, no chão de cimento, dezenas de bolhas de sangue pegajosas, levando tempo para ir estourando, uma a uma.

Quando de fadiga não puderam os coveiros abrir sepulturas, mandei gratificar a outros individuos para que as fizessem, de modo a evitar a decomposição dos cadaveres.

Relatório do Sr. dr. Trajano reis,
director do Serviço Sanitario.

Nada mais me importa agora
nem a mancha do gôzo em minha calça
Nem o paletó cheguei a tirar
O marido?
tosse que ecoa por toda a casa
saio pela porta sem chavear
sem a volta da chave na fechadura
saio sem me voltar ao menos

DIA 25 SEGUNDA

Telegrammas

As tropas francezas chegarão a Vienna esta semana - Os americanos já invadiram as provincias rhenanas allemãs - A conferencia da paz iniciará seus trabalhos em Janeiro - Hindenburg communicou ao governo allemão que o exercito germanico não poderá combater nem um só exercito - A esquadra ingleza parte para Kiel.

DIA 26 TERÇA

O Conselheiro Rodrigues Alves vae assumir a presidencia da Republica

Os hollandezes odeiam o Kaiser - O general d'Esperay chegou a Constantinopla - O general Pershing será o substituto do presidente Wilson - Os francezes estão nas margens do Rheno, numa extensão de 100 milhas - A imprensa allemã pede intervenção dos alliados para reorganisar a politica allemã.

DIA 27 QUARTA

O CHILE E O PERU EM EMMINENCIA DE GUERRA

Há dias deu-se um caso que encolerizou quantos o presencearam. Uma moça, brasileira nata, moradora da rua Riachuelo, simplesmente pelo facto de ser seu pae allemão (pois sua mãe é brasileira) não tremulou em dizer em frente a muitas patricias estas palavras filhas de uma alma entoxicada pela "Kultur":

"Eu preferia ser devorada pelos peixes a ser enterrada em território brasileiro"

COMMERCIO DO PARANÁ

Lá em cima se confere os pecados aqui em baixo
ferro e sangue allamão mão mão mão peluda
Liiaaahaaahhh

AGRADECIMENTOS

O distincto cidadão, sr. João Pereira da Fonseca, no seu nome e no de sua exma. familia visitou-nos agradecendo a noticia que estampamos sobre o passamento de sua galantinha netta a pequena Diva.

DT

DIA 28 QUINTA

Um grito lancinante foi ouvido.
Um grito lancinante foi ouvido.
Um grito lancinante foi ouvido.

Não obstante, continuamos firmes em nossa attitude pela razão...
Não obstante, continuamos firmes em nossa attitude pela
Não obstante, continuamos firmes em nossa attitude
Não obstante, continuamos firmes em nossa
Não obstante, continuamos firmes em
Não obstante, continuamos firmes
Não obstante, continuamos
Não obstante,
Não

Pedaço branco de miolo escorrendo pela parede. Como um verme, igual a um verme descendo pela parede deixando uma baba de rastro, como uma lesma.

DIA 29 SEXTA

O KAISER VAE ACABAR NO HOSPICIO --

FECHAM-SE OS POSTOS
MEDICOS MAS OS NECESSITADOS
DEVEM PROCURAR A
REPARTIÇÃO DE HYGIENE

Por achar-se quasi extincta a epidemia da grippe nesta capital, a Directoria do Serviço Sanitario determinou que fossem extinctos os postos medicos que o governo creara no quadro urbano e nos suburbios providenciando tambem para que as pharmacias que estavam autorisadas a preparar receitas gratuitamente para os necessitados, não mais o façam. *DT*

JOSEPHINA - a distincta familia Jardim vem sendo curelmente ferida pela impiedosa epidemia que tantas lagrimas tem ao nosso povo arrumado. Dias atraz, noticiamos o fallecimento de um filho do sr. Telemaco Jardim, facto esse que o exaltou de tal forma que , no delirio da febre, quando atacado também do mal, abandonou o lar e se foi deixar morrer, abandonado e só à beira da Cascatinha de santa felicidade. E, implacavel, a morte paira ainda sobre o lar infeliz e arrebata a gentil menina Josephina primogenita do malogrado cidadão, e que contava apenas sete annos de idade.
O enterro da desventurada creança realizou-se hoje ás 15 horas, saindo o feretro da rua Carlos de Carvalho n.8 para o Cemitério Municipal.

DIÁRIO DA TARDE

DIA 30 SÁBADO

O KAISER ESTÁ COM HESPANHOLA

De amanhã em diante será restabelecido o trafego dos bonds os quais circularão de accordo com o antigo horario. DT

Mas sempre terei diante de mim
a visão de eu abrindo a porta
a casa vasia, seu corpo de loura plumagem
Sem me voltar, sem voltar
diante de mim a cidade vazia, silenciosa
nestes dias da grippe
ninguém me viu nem me verá

"Ela, a mulher, nunca mais ficou com o juízo perfeito. Passava uns tempos boa, teve até um filho, criança linda. De repente, dava assim como uma tristeza nela, saía a andar sozinha pelas ruas, sempre com um vidrinho de veneno nas mãos. Nunca largava do veneno, mesmo quando estava normal, alegre com o marido e o filho..." DONA LÚCIA - 1976

OS ÓBITOS DE GRIPPE

NOVEMBRO DE 1.918

DIA 1	1
DIA 2	0
DIA 3	1
DIA 4	4
DIA 5	2
DIA 6	3
DIA 7	4
DIA 8	4
DIA 9	3
DIA 10	10
DIA 11	10
DIA 12	15
DIA 13	12
DIA 14	12
DIA 15	20
DIA 16	10
DIA 17	19
DIA 18	11
DIA 19	7
DIA 20	18
DIA 21	14
DIA 22	13
DIA 23	16
DIA 24	12
DIA 25	15
DIA 26	15
DIA 27	10
DIA 28	12
DIA 29	7
DIA 30	8

FONTE: DIÁRIO DA TARDE

Z
•
✝
D I A
B
✝
I
Z ✝ S ✝ A B ✝ Z ✝ H
G
F
✝
B
F
R
S

Santo Deus. Santo forte. Santo immortal livrae-nos, Senhor da peste, de todo o mal.

Quando o relogio der horas dirá os seguintes Jaculatorias:

Por vossas chagas. Por vossa Cruz livrae-me da peste Devino Jusus.

JESUS E MARIA

1918

Dezembro

A última letra do alfabeto

DIA 1 DOMINGO

Vida Social

Os cinemas "in totun" abrirão amanhã, annunciando exhibições novas de pelliculas attrahentes. CP

DIA 2 SEGUNDA

Scena Macabra

No Hospicio de Alie-nados um louco mata quatro pes-soas

Desenrolou-se hontem no Hospíccio N.S. da Luz uma scena terrificante que teve como protagosnista um infeliz demente ali recluso.

Manoel de Campos, de 22 annos de idade, fora recolhido áquelle estabelecimento ha muito tempo, mas desde 5 annos que não tivera acessos de loucura, vivendo por isso solto pelas alamedas dos jardins do Hospício.

Andava por ali abobado, sem que alguem pudesse um dia augurar a scena horrível que elle foi causador hontem.

Seria 6 1/2 horas da manhã, que tivera grippe e se achava exaltado pela febre, tomado de furioso acesso, ao encontrar um dos reclusos que era aleijado e usava molletas, de uma destas se apoderou vibrando-lhe forte pancada no craneo.

Caido exanime o primeiro, o louco avançou sobre outra victima.

Era esta o cosinheiro do estabelecimento, que procurou defender-se com o braço.

Baldado foi seu esforço, pois qque recebendo pancada violenta, caiu também sem vida.

Numa ancia de matar, olhos injectados de sangue, a faiscarem, o louco, sempre com a tragica molleta já rubra e cheia de massa encephalica de suas victimas saiu em busca de outros.

Em quantos que encontrava, o louco desferia pancadas.

E naquelle aranzel, naquella confusão que se estabeleceu, irmãs de caridade fugiam, velhos e mendigos ali reclusos se ocultavam-se, até que após uma lucta perigosa, o infeliz demente foi subjugado pelos empregados Pandellis Rethis e Paulo Kopff, que o puzeram em camisa de força, recolhendo o a uma cella.

Entretanto, no solo, em meio de uma confusão de sangue, jaziam cadaveres quatro pessoas...

DIÁRIO DA TARDE

Uma tragedia no Hospicio

Uma proeza macabra da "Hespanhola,,

Domingo foi nossa população cruelmente abalada com a noticia de que no Hospital de N.S. da Luz occorrera uma tectrita scena de sangue, da qual era protagonista um dos infelizes reclusos daquelle estabelecimento. No desejo de bem informar os nossos leitores, como o fazem todos os jornais verdadeiramente modernos, destacámos hontem um dos nossos companheiros para ir até aquelle estabelecimento, a fim de colher impressões sobre a horrorosa tragedia e ao mesmo tempo syndicar das circunstancias do caso, a ver se haveria razão em acreditar -se que o descalabro se dera por qualquer imprudencia, ou por relaxamento em tomar as necessarias precauções com os infelizes que habitam aquella casa sinistra.

Chegados que fomos á mansão dos irresponsaveis, já nos chamou a attenção o cantar monotono de um doido, que naquella coisa entoada á guisa de canção está a mostrar o quanto a inconsciencia torna os irresponsaveis como que felizes immersos na noite negra da insconsciencia.

Pelo que ouvimos, podemos mais ou menos reconstruir a scena horrivel da seguinte forma:

O CRIMINOSO E SEUS ANTECEDENTES.

Chama-se Manoel de Campos o autor da horrorosa scena de sangue; conta cerca 32 annos de edade. Foi recolhido ao asylo ha cerca de 5 annos, em 1913.

Apalermado, jamais teve elle occasião de manifestar indicios de loucura furiosa e quem o visitasse era capaz de jurar que o desgraçado estava ali recolhido por excesso de zelo. Como todo louco tem a sua mania, uns a mania de perseguição, outros a de grandezas, Manoel de Campos quando era interrogado por alguem relativamente á sua identidade, respondia que era "governador" do Estado, sendo portanto um delirio mais democratico, pois que o infeliz não se suppunha um rei ou imperador, nem mesmo um simples presidente da republica: contentava-se com ser Governador do Estado...

Ultimamente com a invasão da peste hespanhola em nosso Estado, a enfermidade fez a sua entrada tambem no Hospicio, sendo Manoel de Campos uma de suas victimas. Teve elle febre alta e todos os demais symptomas da terrivel enfermidade. Tratado, porém, com todo o carinho pelas religiosas daquelle estabelecimento, achava-se elle ultimamente em convalescença e sempre apalermado, ninguem suppunha que elle viesse a ter um acesso de loucura furiosa.

A SCENA DE SANGUE

Pela manhã a ronda foi fazer uma visita aos diversos departamentos da instituição, nada encontrando de normal que chamasse a attenção. Então as irmãs preparavam-se para ir celebrar o sacrificio da missa, talvez tendo no coração o desejo de levantar a Deus uma prece em favor dos infelizes recolhidos ao estabelecimento.

Um grito lancinante foi ouvido, mas ninguem deu a elle attenção alguma, pois é natural que naquella casa se ouçam frequentemente gritos dos irresponsaveis. E todos estavam longe de imaginar que era o infeliz mendigo Paulo Bruquikoski que tombava mortalmente ferido por uma pancada desferida com uma tranca de madeira. Com a tranca toda ensanguentada e a moleta do mendigo ás mãos, Manoel tenta fugir e perseguido pelo epileptico Bento dos Santos, fere a este, felizmente não o matando porque Bento tivera a boa idéa de, por instincto de conservação, levar o braço a cabeça, recebendo os ferimentos no braço. A seguir, poz-se o infeliz a correr em demanda do portão para se por em liberdade, sendo que essas horas já o facto era sabido de todos, correndo em sua perseguição muitos doentes e empregados. Sedento de mais sangue o infeliz demente arremette contra os primeiros que lhe approximam, conseguindo prostrar sem vida Manoel Salathiel Domingues, Francisco Bittencourt, Nicoláo Domenico e Miguel Kosmiake.

Subjugado, foi Manoel de Campos preso a uma camisola de força. Interrogato, foi Manoel de Campos sobre o seu acto, a sua resposta era mais ou menos lucida. Mas, hontem estando lá o delegado dr. J. Ribeiro, que lhe perguntou si se lembrava do que fizera, respondeu que não. Quando lhe disseram que havia morto quatro pessoas e ferido uma, respondeu: - Agora está morrendo muita gente: meu pae morreu sósinho e estes morreram logo quatro...

COMMERCIO DO PARANÁ

"...até que, um dia, tomou o veneno na rua, morreu, acharam ela já morta. Foi muito tempo depois, acho que foi lá por 30."

DONA LÚCIA - 1976

†

M

Missa

Germano Heisler penhoradamente agradece a todas as pessoas que acompanharam os restos mortaes até á sua ultima morada de sua pranteada e inesquecivel esposa

CLARA MARGARETH HEISLER

Aproveitando a opportunidade convida seus parentes e pessoas de sua amisade para assistirem á missa que manda celebrar sexta-feira, a hora 8. na egreja da Ordem. Por este acto de religião e caridade se confessa agradecido.

"Moça, bonita, solteira. Morreu na gripe. Não resistiu a febre forte. Muito branca, alta, cabelo loiro bem comprido. Morreu na gripe."

DONA LÚCIA - 1976

"Não, ela morreu na gripe. O marido se salvou, mas ela morreu. Vi o corpo, bonita, muito branca, cabelo branco de tão loiro, mortalha branca."

DONA LÚCIA - 1976

Missa

Germano Heisler e filhos penhoradamente agradecem a todas as pessoas que acompanharam os restos mortaes até á sua ultima morada de sua pranteada e inesquecivel esposa e mãe

CLARA MARGARETH HEISLER

Aproveitando a opportunidade convidam seus parentes e pessoas de sua amisade para assistirem a missa eu mandam celebrar sexta-feira a hora 8, na egreja da Ordem. Por este acto de religião e caridade confessam-se agradecidos.

"Não, na época ela não era casada. Moça, bonita, solteira. Muito branca, loira. Casou, teve filhos, mas nunca mais ficou certa da cabeça. Tinha períodos de lucidez, casou depois da gripe, teve filhos, mas nunca mais ficou certa da cebeça."

DONA LÚCIA - 1976

OS MORTOS DA GRIPPE

ANNO DE 1918
POPULAÇÃO DE CURITYBA E SUBURBIOS = 73.000 HABITANTES

DISTRICTOS	NASCI-MENTOS	CASA-MENTOS	OBITOS	OBITOS POR GRIPE		
				NOV.	DEZ.	TOTAL
CURITYBA	1.629	137	1.261	254	67	321
S. CASEMIRO DO TABOÃO	240	71	59	7	2	9
NOVA POLONIA	127	16	34	3	2	5
PORTÃO	248	59	112	31	18	49
TOTAL GERAL	2.244	283	1.466	295	89	384

DOENTES DE GRIPE = 45.249
PORCENTAGEM DE OBITOS = 0,84%

RELATÓRIO DO SR DR. TRAJANO REIS
DIRECTOR DO SERVIÇO SANITÁRIO
CURYTIBA 1919

FIM

SOBRE O AUTOR

Valêncio Xavier (1933-2008) nasceu em São Paulo, mas mudou para Curitiba aos 21 anos e de lá nunca mais saiu. Durante sua carreira se dedicou à escrita e ao cinema, trabalhando para jornais ao mesmo tempo que escrevia roteiros e dirigia filmes. Fundou a Cinemateca de Curitiba e trabalhou em museus e espaços culturais. Além de *O Mez da Grippe*, escreveu *Maciste no Inferno*, *O Minotauro*, *Minha Mãe Morrendo* e o *Menino Mentido*, entre outros.